www.ingramcontent.com/pod-product-compliance
Lightning Source LLC
LaVergne TN
LVHW051010051026
849532LV00005B/1897
9789358727920

مٹی کا قرض

(ناولٹ)

حرا قریشی

Mitti ka Qarz (Novelette)

by: Hira Qureshi

Edition: April '2024

Publisher :

Taemeer Publications LLC (Michigan, USA / Hyderabad, India)

ISBN 978-93-5872-792-0

9 789358 727920

کتاب	:	**مٹی کا قرض** (ناولٹ)
مصنفہ	:	**حرا قریشی**
پروف ریڈنگ / تدوین	:	اعجاز عبید
صنف	:	فکشن
ناشر	:	تعمیر پبلی کیشنز (حیدرآباد، انڈیا)
سالِ اشاعت	:	۲۰۲۴ء
صفحات	:	۳۲
سرورق ڈیزائن	:	تعمیر ویب ڈیزائن

اپنے آٹھ ماہ کے بیٹے کو سریلیک کھلا کر تحریم نے اپنی ساس کو پکڑایا اور کچن کے دروازے پر پہنچی ہی تھی کہ ٹی وی پر چلتے پروگرام کو روک کر نیوز الرٹ چلا دیا گیا تھا۔ آجکل اس کے دل کو ویسے ہی دھڑکا لگا رہتا تھا۔ کچن میں جاتے جاتے تحریم نے پلٹ کر دیکھا اور اس سے پہلے کے نیوز کاسٹر کچھ کہتا اسکرین پر نظر آتی اپنے شوہر کی تصویر کے ساتھ لکھا "وزیرستان میں تیس سالا کیپٹن اسد خان شہید" دیکھ کر اسے لگا کہ پورا آسمان اس کے سر پر آگرا تھا۔ اس نے ایک دوبار آنکھیں میچ کر دوبارہ اسکرین پر نظر آتے منظر کی طرف دیکھا کہ شاید یہ اس کا وہم ہو۔ مگر ٹی وی اسکرین پر ایک طرف پاکستان آرمی کے یونیفارم میں ملبوس مسکراتا ہوا اور ایک طرف خون میں لت پت وہ اس کا شوہر ہی تھا۔

اس نے خالی خالی نگاہوں سے اپنی ساس اور بیٹے کی طرف دیکھا اور پھر ٹی وی کی طرف۔ اسے سائیں سائیں کے علاوہ کچھ سنائی نہیں دے رہا تھا۔ نہ اپنی ساس کے بین، نہ بیٹے کے چیخ چیخ کر رونے کی آواز اور نہ ہی نیوز کاسٹر کے ہلتے لبوں سے وہ کچھ سن پائی تھی۔

"تحریم اسد چلا گیا۔" اس کی ساس نے روتے ہوئے اسے جھنجوڑا تھا اور تحریم نے بے یقینی سے ان کی طرف دیکھا۔ ٹیبل پر پڑا اس کا موبائل، گھر کا فون سب ایک ساتھ بج اٹھے تھے اور اسے ہر طرف ایک شور اٹھتا محسوس ہوا۔ قیامت کا شور، قیامت ہی تو آئی تھی ان کی زندگیوں میں۔

"کیپٹن اسد شہید؟" اس کے لبوں سے بڑبڑاہٹ کی صورت نکلا تھا۔ ہاتھ میں پکڑی پیالی کب ہاتھ سے چھوٹ کر چکنا چور ہوئی اسے کچھ خبر نہیں تھی۔ شل ہوتی ٹانگوں کے ساتھ اس نے قریبی دیوار کا سہارا لینے کی کوشش کی مگر اس سے پہلے ہی وہ ہوش وخرد سے بیگانہ ہو چکی تھی۔

***

"اجازت ہے؟" اپنے بیٹے علی کو ڈھیر سارا پیار کر کے وہ اس سے ہر دفعہ ایسے ہی اجازت مانگتا تھا، جیسے اگر وہ اجازت نہیں دے گی تو وہ واقعی رک جائے گا۔ تحریم بھی ہمیشہ ہی سر اثبات میں ہلا دیتی تھی۔ مگر اس دفعہ بات کچھ مختلف تھی۔ ملکی حالات پہلے اس نہج پر نہیں تھے۔ اس کی پوسٹنگ اکثر شہر سے باہر ہوتی تھی مگر اس دفعہ اسے وزیرستان بھیجا جا رہا تھا اور تحریم نے رو رو کر اپنا حشر کر لیا تھا۔ اسد نے اسے کتنی مشکلوں سے سنبھالا تھا یہ وہی جانتا تھا۔ اب بھی بہت ڈرتے ڈرتے اس سے پوچھا تھا کہ کہیں تحریم کے آنسو اسے کمزور نہ بنا دیں۔ مگر جانا تو اسے تھا ہی اور وہ ہمیشہ کی طرح بالکل تیار کھڑا، کندھے پر بیگ ٹانگے اس سے اجازت مانگ رہا تھا۔

"اسد کیا۔۔ کیا آپ منع نہیں کر سکتے؟ آپ کہیں نا کہ بے شک کہیں اور پوسٹنگ کر دیں، مگر وزیرستان۔ وزیرستان کے حالات۔ اسد میرا دل نہیں مان رہا۔" وہ ایک بار پھر کئی دفعہ کی، کی گئی باتیں دوہراتے ہوئے بہت آس بھری نظروں سے اسے دیکھ رہی تھی۔ ساتھ ہی آنکھوں سے پھر آنسو بہہ نکلے تھے۔

"تحریم، یہ تم کہہ رہی ہو؟ جس وقت وطن کو میری ضرورت ہے میں منع کر دوں؟ پھر کیا فائدہ ایسے پیشے میں جانے کا جب انسان اپنی ذمہ داری ہی نہ نبھائے۔ ایسے نہیں

کرتے۔ میں بہت پر سکون ہوں کہ آج ضرورت پڑنے پر ہم سب ساتھ کھڑے ہیں۔ میں کیسے اپنے ساتھیوں کو اکیلا چھوڑ کر مزے سے گھر میں بیٹھ جاؤں؟ اور میں اکیلا تو نہیں جارہا، ہمارے ہی گھر سے آذر بھی تو جارہا ہے۔ تم نے دیکھا چچا، چچی نے اسے فوراً اجازت دے دی۔ اب جلدی مجھے بھی اجازت دیجیئے محترمہ، دیر ہو رہی ہے۔" سنجیدگی سے کہتے کہتے اسد نے مسکرانے کی کوشش کی تھی۔ اور تحریم کا ہاتھ تھپتپا کر اس کی ہمت بندھائی۔

"اللہ کی امان میں۔" وہ جانتی تھی اس کی کوئی دلیل اسد کو نہیں روک سکتی اس لیے اپنے دل پر پتھر رکھ کر اس نے کہا تھا اور اپنے بہتے ہوئے آنسوؤں کو روکنے کی کوشش میں ناکام ہوتے ہوئے سر جھکالیا۔

"تم تو بہت بہادر ہونا تحریم۔ آنسو کمزوری کی نشانی ہوتے ہیں۔ رونا نہیں۔ وعدہ کرو روؤ گی نہیں اور میرے صاحبزادے کا بہت خیال رکھنا ہے۔ سن لیانا۔"

" اوکے جناب نہیں رورہی۔ اور آپ ہر دفعہ ایسے اجازت مانگتے ہیں جیسے میرے کہنے سے تو رک جائیں گے۔ ایسی اجازت کا فائدہ جب انسان کو اپنی مرضی ہی کرنی ہے۔" اس نے آنسو پونچھتے ہوئے نروٹھے پن سے کہا۔

" یہ بات تو تمہاری ٹھیک ہے۔ چلو پھر یہ آخری بار۔ وعدہ اگلی دفعہ سے اجازت نہیں مانگوں گا۔ مگر اس دفعہ تو اجازت مانگ چکا، تو پھر میں جاؤں؟" اس نے شرارت بھرے لہجے میں مسکراتے ہوئے کہا۔

تحریم نے اداس مسکراہٹ کے ساتھ سر اثبات میں ہلا دیا تھا۔ وہ نہیں جانتی تھی کہ وہ وعدے کا اتنا پکا ہوگا کہ واقعی دوبارہ اجازت نہیں مانگے گا۔ اگلی دفعہ کیا، وہ جو ہر بار اس سے بڑے مان سے "اجازت ہے" کہتا تھا۔ اتنے لمبے سفر پر جانے سے پہلے اس سے ایک

لفظ تک نہیں کہے گا۔

***

جب اس کی آنکھ کھلی قریبی مسجد سے فجر کی اذان کی آواز آرہی تھی۔ آنکھوں میں بے پناہ دکھن کی وجہ سے اس نے بمشکل اپنی آنکھیں کھولیں۔ ماحول میں ملگجا اندھیرا چھایا ہوا تھا۔

"تو کیا یہ سب ایک بھیانک خواب تھا؟" تحریم نے سب کچھ یاد کرنے کی کوشش کی۔ "کاش، کاش یہ سب خواب ہو۔" یہی دعائیں مانگتے ہوئے اس نے اپنے موبائل کے لیے نظریں دوڑائیں جو ہمیشہ اس کی سائڈ ٹیبل پر رکھا ہوتا تھا۔ مگر آج ناموجود پاکر وہ اٹھ کر باہر نکل آئی تھی۔ لاؤنج کی لائٹ جل رہی تھی اور وہاں اس کی ساس، جو کہ اس کی تائی بھی تھیں، یقیناً فجر کی نماز پڑھ رہی تھیں۔ اس نے تیزی سے جاکر گھر کے فون سے اسد کو کال ملائی تھی۔ جس پر مسلسل اسد کا میسج چل رہا تھا۔ "اسد تو فجر سے پہلے اٹھ جاتے ہیں، فون کیوں نہیں اٹھا رہے۔" اس نے پانچ چھ دفعہ کوشش کرنے کے بعد پریشانی سے فون رکھا اور اپنی تائی کے قریب ہی انگلیاں مروڑتی ہوئی کارپیٹ پر بیٹھ گئی۔ ان کے سلام پھیرتے ہی اس نے فوراً پوچھا تھا

"تائی امی اسد فون نہیں اٹھا رہے۔ میں نے اتنی بار کوشش کی ہے۔ اتنا بھیانک خواب دیکھا۔ تائی امی میں نے دیکھا کہ۔۔۔ تائی امی اگر خواب میں کسی کو مرتا دیکھتے ہیں تو اس کی عمر لمبی ہوتی ہے نا؟ آپ نے بتایا تھا نا؟ تائی امی میں نے دیکھا کہ اسد۔۔۔" وہ ٹوٹے پھوٹے لفظوں میں بتانے کی کوشش کر رہی تھی مگر آنسوؤں نے مزید کچھ بولنے ہی نہیں دیا تھا۔

تائی نے اسے جواب دینے کے بجائے گلے سے لگا کر پھوٹ پھوٹ کر رونا شروع کر دیا۔

"تائی امی آپ رو کیوں رہی ہیں؟ اس طرح۔۔۔ اس طرح مت روئیں، میرا دل بہت گھبرا رہا ہے تائی امی۔ دعا کریں کہ اسد بالکل خیریت سے ہوں۔ میں دوبارہ کوشش کرتی ہوں فون ملانے کی۔" تحریم نے پریشانی سے انہیں چپ کراتے ہوئے اٹھنے کی کوشش کی مگر تائی نے اس کا ہاتھ پکڑ کر دوبارہ بٹھا لیا۔

"تحریم اب ہماری کوئی دعا اسد کو واپس نہیں لا سکتی۔ وہ ہم سے بہت دور جا چکا ہے۔" یہ کہہ کر وہ ایک بار پھر سسک اٹھی تھیں اور تحریم جو اب تک اپنے آپ کو یقین دلا چکی تھی کہ وہ ایک بھیانک خواب تھا ان کی بات سن کر بالکل سن رہ گئی۔ اس کے ذہن میں جھماکا سا ہوا تھا۔ سب کچھ اس کے ذہن میں کسی فلم کی مانند چل پڑا۔ وہ اندوہناک خبر جو اس نے ٹی وی اسکرین پر دیکھی تھی۔ پھر ہر طرف اٹھتا شور اور پھر ہر طرف چھاتا گہرا سناٹا۔ اس نے ذہن پر زور دینے کی کوشش کی۔ پھر اسے سب یاد آنے لگا تھا۔ اس سناٹے کے بعد اسے کسی نے جگانے کی کوشش کی تھی، شاید تائی امی نے یا پتا نہیں چھوٹی تائی تھیں۔ اور۔۔۔ اور پھر اسے پکڑ کر لاؤنج میں لایا گیا تھا۔ جہاں اسد سامنے ہی سفید کفن، سبز پرچم کے ساتھ آخری بار جانے کو بالکل تیار تھا۔ وہ میکانکی انداز میں چلتی ہوئی اس کے قریب بیٹھ گئی تھی۔

"اسد، اسد آپ واپس آ گئے نا؟ اب نہیں جائیے گا۔ میں نے، تائی امی نے بہت دعائیں کیں کہ آپ خیریت سے واپس آ جائیں۔ میں بہت پریشان تھی اسد۔ اب نہیں جانے دوں گی میں۔ اور یہ اور یہ اس طرح کیوں لٹایا ہے اسد کو؟ ہٹائیں یہ سب" وہ ارد گرد سے بے نیاز اس کے قریب بیٹھی بولے جا رہی تھی پھر ادھر ادھر دیکھ کر ناراضگی سے

بولی تھی۔ تب ہی چھوٹی تائی کی آواز اسے ہوش میں لے آئی۔ "تحریم اسد ہمیشہ کے لیے جا رہا ہے۔ اسے، اسے آخری بار دیکھ لو۔ دیکھو ہمارے بیٹے نے وعدہ کیا تھا کہ ایک دن سبز پرچم میں لوٹے گا۔ وہ لوٹ آیا ہے مگر ہمیشہ کے لیے جانے کے لیے۔" انہوں نے روتے ہوئے کہا تھا۔ تحریم نے لاؤنج میں نظر دوڑائی جو پتا نہیں کتنے لوگوں سے بھرا پڑا تھا۔ سب کی ترحم بھری نظریں اسی پر ٹکی تھیں۔

"نہیں تائی، یہ یہ ہمیشہ کے لیے نہیں جا سکتے۔ ایسے کیسے ہو سکتا ہے؟ اسد اسد اٹھیں۔ اسد پلیز اٹھیں۔ پہلے ممی پاپا اور اب آپ۔ نہیں اسد" وہ ایک بار پھر اسد سے مخاطب تھی اور اب زور زور سے رونا شروع کر دیا تھا۔ تایا ابو نے اپنے آنسو پونچھتے ہوئے تحریم کو اٹھایا تو وہ ان کے گلے سے لگ کر پھوٹ پھوٹ کر رو پڑی تھی۔ ان کے اپنے بھی آنسو بہہ رہے تھے۔ انہوں نے اسے سنبھالنے کی کوشش کی مگر وہ بھر بھری ریت کی مانند ان کے ہاتھوں سے پھسلتی چلی گئی تھی۔

اور اس کے بعد اسے اب ہوش آیا تھا۔ پتا نہیں کتنے دن گزر گئے تھے۔ اس نے تائی امی کی طرف دیکھا، وہ اب بھی رو رہی تھیں۔ اس کے اپنے بھی آنسو بہے جا رہے تھے۔ پتا نہیں وہ کتنی دیر تک روتی رہتیں کہ آذر، چھوٹے تایا کا بیٹا، شاید مسجد سے نماز پڑھ کر آیا تھا۔ ان دونوں کو لاؤنج میں روتا دیکھ کر وہ بھی خاموشی سے وہیں آ کر بیٹھ گیا تھا۔ تائی امی نے اپنے آنسو پونچھتے ہوئے تحریم کو پیار کیا تھا اور جاء نماز اٹھا کر کھڑی ہو گئی تھیں۔

"چائے پیو گے آذر؟ تمہارے تایا ابو کے لیے بنانے جا رہی ہوں۔" انہوں نے آذر کی طرف دیکھتے ہوئے پوچھا جو تحریم کو ترحم بھری نگاہوں سے دیکھ رہا تھا۔

"نہیں تائی امی ابھی دل نہیں چاہ رہا۔ امی نہیں اٹھیں ابھی تک؟" اس نے نفی میں

سر ہلاتے ہوئے چھوٹی تائی کا پوچھا تھا۔

"اٹھی تھی ابھی تھوڑی دیر پہلے علی اٹھ گیا تھا تو اسے اپنے کمرے میں لے گئی ہے۔" آذر کو جواب دیتے ہوئے وہ کچن میں چلی گئی تھیں۔

لاؤنج میں اب بھی تحریم کی سسکیاں گونج رہی تھیں۔

"تحریم، پلیز اپنے آپ کو سنبھالو۔ اسد کو کتنی تکلیف ہو رہی ہو گی۔" آذر نے تحریم کو مسلسل روتے دیکھ کر دکھ بھرے انداز میں کہا تھا۔ ابھی وہ اسے اور سمجھانے کا ارادہ رکھتا تھا مگر اسی وقت چھوٹی تائی علی کو لے کر وہیں آگئی تھیں جو روئے جا رہا تھا۔

"تحریم اسے لے لو میں اس کے لیے دودھ لاتی ہوں۔ بہت دیر سے رو رہا ہے۔" انہوں نے علی کو اسے پکڑایا جو اس کی گود میں آتے ہی چپ ہو گیا تھا۔

***

آج تقریباً ایک ماہ بعد تحریم کچھ بہتر حالت میں تھی۔ رات کا کھانا کھا کر وہ اور آذر وہیں ڈائننگ ٹیبل پر بیٹھے تھے۔ تایا ابو اور چھوٹے تایا سونے چلے گئے تھے، تائی امی نماز پڑھنے اور چھوٹی تائی علی کو لے کر ٹی وی کے سامنے جا بیٹھی تھیں۔

"آذر۔ اسد نے ایسا کیوں کیا؟ میں نے کتنا روکا تھا انہیں مگر انہوں نے میری ایک نہیں سنی۔ آپ اس کے ساتھ تھے نا؟ آپ نے اسے بچایا کیوں نہیں؟" وہ ٹیبل پر انگلیاں پھیرتے ہوئے اس سے پوچھنے لگی تھی۔

"کاش میں اسے بچا سکتا تحریم۔ ہم زندگی کے ہر موقع پر ساتھ رہے تھے۔ ہر کام دونوں مل کر کرنے کے عادی۔ مگر اس بار۔۔۔ اس بار وہ مجھ سے بہت بلند مقام پر پہنچ گیا۔ شہادت کی خواہش تو ہم دونوں کی تھی۔ مگر اسد۔۔۔ وہ ہمیشہ کہتا تھا کہ اس میں، میں

اس سے نہیں جیت سکتا۔ جیسے یہ کسی کھیل کی بازی ہو اور وہ ہمیشہ کی طرح مجھے چیلنج کر رہا ہو۔" آذر تھوڑی دیر کے لیے خاموش ہو گیا تھا اور تحریم بہتی آنکھوں کے ساتھ اسے اتنے غور سے سن رہی تھی کہ وہ پھر گویا ہوا۔

"وہ بہت خوش تھا تحریم۔ بلکہ اتنا خوش تو میں نے اسے کبھی نہیں دیکھا۔ جس وقت اس کے شدید زخمی ہونے کی خبر مجھ تک پہنچی میں قریب ہی تھا، فوراً پہنچ گیا تھا۔ اور وہ شاید میرا ہی انتظار کر رہا تھا۔ اس نے۔۔ تحریم اس نے میرا ہاتھ تھام کر مجھ سے ایک وعدہ لیا تھا۔۔۔ اور اس نے کہا، دیکھا آذر میں تم سے جیت گیا۔ میں سبز پرچم میں گھر لوٹوں تو کسی کی آنکھ سے آنسو نہ بہیں۔ شہیدوں کے گھر والے رویا نہیں کرتے۔ اس کے بعد اکھڑتی سانسوں کے درمیان سب کا خیال رکھنے کی ذمہ داری مجھ اکیلے پر سونپ کر اس نے کلمہ پڑھا، پھر اتنے سکون سے آنکھیں موند لیں جیسے۔۔۔ جیسے اسے اب کسی چیز کی خواہش نہ ہو۔ اس کے چہرے پر اتنی خوبصورت مسکراہٹ تھی کہ لگ ہی نہیں رہا تھا کہ وہ اس وقت شدید زخمی حالت میں اپنی زندگی کی آخری سانسیں لے رہا تھا۔" آذر دکھ سے کہتے ہوئے خاموش ہو گیا تھا۔ تحریم کے پاس بھی بولنے کے لیے شاید کچھ نہیں تھا۔ وہ اسی طرح بہتی آنکھوں کے ساتھ آذر سے اسد کے بارے میں مزید سننا چاہ رہی تھی۔

"اب تمہیں اپنے آپ کو سنبھالنا ہے۔ اسد بہت بہادر تھا تحریم اور وہ ہمیشہ کہتا تھا کہ تم سے شادی اس نے اس لیے بھی کی تھی کہ وہ جانتا تھا اسے ایک دن شہادت نصیب ہو گی اور اسے تم جیسی بہادر لڑکی ہی سہہ سکتی ہے۔ اگر تم اپنے آپ کو نہیں سنبھالو گی تو سوچو تایا ابو اور تائی امی کا کیا ہو گا؟ ان کا بھی تو ایک ہی بیٹا تھا۔ اور علی۔ علی کو بھی تمہاری توجہ کی ضرورت ہے۔" آذر نے اسے کتنے دن بعد کچھ نارمل پا کر سمجھانے کی کوشش کی تھی۔ ورنہ تو وہ دواؤں کے زیرِ اثر سوتی جاگتی کیفیت میں رہتی تھی۔

"میں ذرا علی کو دیکھ لوں۔" تحریم اس کی اتنی باتوں کے جواب میں بہ دقت اتنا ہی بول سکی تھی۔ اور اٹھ کر کمرے کی طرف چلی گئی۔

"بہت مشکل کام سونپا ہے اسد۔" اس نے تاسف بھری نظروں سے تحریم کو جاتے دیکھا اور خود بھی اٹھ گیا تھا۔

***

دن ہفتوں اور ہفتے مہینوں میں ڈھلنے لگے۔ سب کو دکھانے کے لیے تحریم نے اپنے آپ کو کافی حد تک سنبھال لیا تھا۔ تایا تائی کے لیے بھی یہ بہت بڑا صدمہ تھا اور وہ ان کے سامنے رو کر انہیں اور تکلیف نہیں دینا چاہتی تھی۔ اس لیے اس نے سب کے سامنے رونا چھوڑ دیا تھا مگر اس کی جامد چپ اب بھی نہ ٹوٹی تھی۔ تایا ابو اور چھوٹے تایا بھی ریٹائرڈ آرمی افسر تھے اس لیے ان کا زیادہ تر وقت گھر میں ہی گزرتا تھا۔ تحریم ان دونوں کے سب سے چھوٹے بھائی کی بیٹی تھی۔ اس سے بڑی بہن اور ماں باپ ایک ٹریفک حادثے کا شکار ہو گئے تھے۔ خوش قسمتی سے تحریم زخمی ہونے کے باوجود بچ گئی تھی اور گیارہ سالہ تحریم کو تائی امی نے اسی دن اپنی بیٹی بنا لیا تھا کہ ان کا صرف ایک بیٹا اسد ہی تھا۔ چھوٹی تائی کا بڑا بیٹا آذر، اسد کی عمر کا ہی تھا اور اس سے چھوٹی بیٹی تحریم کے برابر کی تھی۔ تحریم کو ان سب سے اتنی محبت ملی تھی کہ ماں باپ اور بہن کے چھن جانے کا دکھ بہت حد تک کم ہو گیا تھا۔ مگر اب اسد کی جدائی نے جیسے اسے ایک بار پھر توڑ پھوڑ کر رکھ دیا تھا۔

گھر میں ہر وقت سناٹا چھایا رہتا تھا۔ لگتا ہی نہیں تھا یہاں کوئی رہتا بھی ہے۔ تحریم اپنے خیالوں میں گم اور تائی امی بھی چپ چاپ کسی نا کسی کام میں لگی رہتی تھیں۔ مگر ہر دفعہ فون کی اور گھر کی بیل بجنے پر وہ چونک کر دیکھا کرتی تھیں اور ہر دفعہ مایوسی سے پھر

اپنے کام میں مگن ہو جاتی تھیں۔ پتہ نہیں انہیں اب کس کا انتظار تھا۔

شروع شروع میں آذر نے کوشش کر کے چھٹیاں لے لی تھیں تاکہ وہ سب بالکل تنہا نہ رہ جائیں۔ تب پھر بھی آذر سب کو باتوں میں لگائے رکھتا تھا۔ علی کو بھی باہر گھماتا تھا مگر پچھلے ماہ اس کی پوسٹنگ بھی دوسرے شہر ہو گئی تھی۔ تب سے گھر میں خاموشی چھائی رہتی تھی۔

جانے سے ایک دن پہلے آذر کچن کے سامنے سے گزرتا ہوا وہیں رک گیا تھا۔ تحریم کچن میں کھڑی علی کے لیے کچھ بنا رہی تھی اور ساتھ ساتھ آنسو بھی بہہ رہے تھے۔

"تحریم تمہاری ایک امانت ہے میرے پاس۔ میں لے کر آتا ہوں۔" اس نے بغیر کسی تمہید کے کچن کے دروازے کے پاس رک کر کہا تھا اور اپنے کمرے میں چلا گیا۔ تحریم یہی سوچتی رہی کہ اس کی کونسی امانت؟ چند منٹ بعد آذر ہاتھ میں ایک ڈائری لیے واپس آیا تھا۔

"میں اتنے دنوں سے سوچ رہا تھا کہ یہ تمہیں دوں۔ مگر تمہاری کنڈیشن ایسی نہیں تھی اور میری بھی ہمت نہیں ہو رہی تھی۔ اب اتنے دن گزر چکے ہیں۔ اپنے آپ کو سنبھالو تحریم، اپنا نہیں تو علی کا ہی سوچو۔ وہ مسلسل اگنور ہونے کی وجہ سے بہت چڑچڑا ہو گیا ہے۔" آذر نے ڈائری تحریم کو پکڑاتے ہوئے کہا۔

"یہ کیا ہے؟" اس نے ناسمجھی سے ڈائری کی طرف اشارہ کرتے ہوئے پوچھا۔

"اسد کی ڈائری ہے۔ وہ جب سے وزیرستان آیا تھا روز اس میں کچھ نہ کچھ ضرور لکھتا تھا۔ اور آخری دن۔" آذر کو اپنی بات جاری رکھنا مشکل لگ رہا تھا۔

"آخری دن اسد نے اس میں لکھنے کے بعد مجھ سے وعدہ لیا تھا کہ یہ مجھے تم تک پہنچانی ہے۔ مجھے نہیں معلوم وہ اس میں کیا لکھا کرتا تھا۔ اور نہ ہی میں ابھی تمہیں دینا چاہتا

تھا۔ مگر اسد سے کیے ہوئے وعدے نے مجبور کر دیا۔" اس نے ایک گہری سانس لیتے ہوئے کہا تھا۔

تحریم نے خاموشی سے ڈائری پر ہاتھ پھیرا اور اس پر گرے اپنے آنسو کو دوپٹے کے کونے سے صاف کرنے لگی۔

"اب سنو۔ یہ میں نے دے تو دی ہے۔ مگر ایسا نہ ہو کہ تم دن رات رو رو کر اپنی طبیعت پھر خراب کر لو۔ میں اسی لیے ابھی نہیں دینا چاہ رہا تھا۔ بہادر بنو تحریم، اگر تم ہی ہمت ہار دو گی تو سوچو تایا تائی کا کیا ہو گا۔" اس نے بہت دیر تک تحریم کو سمجھایا تھا اور وہ خاموشی سے بیٹھی سنتی رہی تھی۔

***

اس نے کمرے میں آتے ہی ڈائری کھولی تھی۔ دھڑکتے دل کے ساتھ پہلے صفحے پر نظر دوڑائی اور پڑھتی چلی گئی۔

میں اکثر ماں سے کہتا تھا

ماں!

دعا کرنا

کہ کبھی تیرا یہ بیٹا

خاکی وردی پہنے

سینے پہ تمغے سجائے

مجاہدوں کا سا نور لیے

تیرے سامنے فخر سے کھڑا ہو،

اور میری ماں

میری ماں یہ سن کر

ہنس دیا کرتی تھی---

کبھی جو تمہیں میری ماں ملے تو اُس سے کہنا

وہ اب بھی ہنستی رہا کرے،

کہ شہیدوں کی مائیں

رویا نہیں کرتیں---

میں اکثر ماں سے کہتا تھا

اس دن کا انتظار کرنا،

جب دھرتی تیرے بیٹے کو پکارے گی،

اور ان عظیم پربتوں کے درمیان بہتے

اشو کے دریا کا نیلا پانی،

اور سوات کی گلیوں میں بارش کے قطروں کی طرح گرتی

روشنی کی کرنیں پکاریں گی---

اور پھر اس دن کے بعد،

میرا انتظار نہ کرنا،

کہ خاکی وردی میں جانے والے اکثر،

سبز ہلالی میں لوٹ کر آتے ہیں---

مگر میری ماں۔۔۔
آج بھی میرا انتظار کرتی ہے،
گھر کی چوکھٹ پہ بیٹھی لمحے گنتی رہتی ہے،
میرے لیے کھانا ڈھک رکھتی ہے۔۔۔

کبھی جو تمہیں میری ماں ملے
تو اس سے کہنا،
وہ گھر کی چوکھٹ پہ بیٹھ کر
میرا انتظار نہ کیا کرے۔۔۔
خاکی وردی میں جانے والے
لوٹ کر کب آتے ہیں؟

میں اکثر ماں سے کہتا تھا
یاد رکھنا!
اس دھرتی کے سینے پہ
میری بہنوں کے آنسو گرے تھے،
مجھے وہ آنسو انہیں لوٹانے ہیں۔۔۔
میرے ساتھیوں کے سر کاٹے گئے تھے
اور ان کا لہو پاک مٹی کو سرخ کر گیا تھا۔
مجھے مٹی میں ملنے والے

اس لہو کا قرض اتارنا ہے۔۔۔

اور میری ماں یہ سن کر
نم آنکھوں سے
مسکرادیا کرتی تھی۔۔۔

کبھی جو تمہیں میری ماں ملے
تو اس سے کہنا
اس کے بیٹے نے لہو کا قرض چکا دیا تھا
اور
دھرتی کی بیٹیوں کے آنسو چن لیے تھے۔۔۔

میں اکثر ماں سے کہتا تھا
میرا وعدہ مت بھلانا،
کہ جنگ کے اس میدان میں
انسانیت کے دشمن درندوں کے مقابل
یہ بہادر بیٹا پیٹھ نہیں دکھائے گا
اور ساری گولیاں
سینے پہ کھائے گا

اور میری ماں
یہ سن کر
تڑپ جایا کرتی تھی

کبھی جو تمہیں میری ماں ملے
تو اس سے کہنا،
اس کا بیٹا بزدل نہیں تھا،
اس نے پیٹھ نہیں دکھائی تھی،
اور ساری گولیاں سینے پہ کھائیں تھی۔۔۔

میں اکثر ماں سے کہتا تھا،
تم فوجیوں سے محبت کیوں کرتی ہو؟

ہم فوجیوں سے محبت نہ کیا کرو، ماں!
ہمارے جنازے ہمیشہ جوان اٹھتے ہیں۔۔۔

اور میری ماں۔۔۔

میری ماں یہ سن کر
رو دیا کرتی تھی۔۔۔

کبھی جو تمہیں میری ماں ملے

تو اس سے کہنا،

وہ فوجیوں سے محبت نہ کیا کرے۔۔۔

اور

دروازے کی چوکھٹ پہ بیٹھ کر

میرا انتظار نہ کیا کرے

سنو۔۔۔!

تم میری ماں سے کہنا

وہ رویا نہ کرے۔۔۔

آنسوؤں نے سب کچھ اتنا دھندلا کر دیا تھا کہ بہت دیر تک اس سے آگے تحریم سے کچھ پڑھا ہی نہیں گیا۔ اسے لگا کہ وہ بہت خود غرض ہے۔ اب تک صرف اپنے غم اور اپنی تکلیف کا سوچتی رہی۔ تائی امی اور تایا ابو کے چہروں پر چھائی اداسی اسے نظر کیوں نہ آئی؟ غم تو سب کا برابر تھا۔ دکھ تو سب جھیل رہے تھے پھر سب اس کی دل جوئی میں کیوں لگے ہیں؟

تائی کی آنکھوں میں بھی تو ہر وقت آنسو چمکا کرتے تھے۔ وہ اب بھی قیمہ نہیں پکاتی

تھیں، اسد کو پسند جو نہیں تھا۔ ڈائننگ ٹیبل پر اب بھی آٹھ پلیٹیں رکھتی تھیں اور ہمیشہ ایک خالی کرسی کے آگے ایک پلیٹ رکھی ہوتی تھی۔ تحریم نے ایک دو دفعہ نوٹ کیا مگر اس کے اپنے اندر بھی اتنی ہمت نہ تھی کہ ٹیبل پر اسد کی جگہ پلیٹ نہ رکھے۔ وہ خود غیر محسوس طور پر کھانا نکالنے کے بعد اپنے برابر والے کے آگے رکھ دیتی تھی۔ جہاں کتنے ہی دن سے کوئی نہیں بیٹھتا تھا۔ وہ دونوں غیر محسوس طریقے سے اسد کی جدائی کو ماننا نہیں چاہتی تھیں۔ گھر کے باقی افراد نے بھی یہ محسوس کیا تھا۔ مگر شاید وقت کے ساتھ اس غم کے مدھم ہو جانے کا انتظار کر رہے تھے۔

مگر کب تک؟ تحریم کو لگا کہ وہ اتنے مہینوں سے صرف اپنے بارے میں سوچ رہی ہے۔ لیکن اب اسے سب کا سوچنا تھا۔ اسد نے اس سے بھی تو کتنی دفعہ سب کا خیال رکھنے کا وعدہ لیا تھا۔

وہ پوری رات تحریم نے ڈائری پڑھتے گزاری تھی۔ ہر لفظ کو پڑھتے وہ بارہا تڑپی تھی۔ جب آنسو پونچھتے نظر اٹھاتی سامنے ہی اسد کی تصویر پر نظر پڑتی۔ اسے لگتا وہ اس کے سامنے کھڑا یہ سب کہہ رہا تھا۔ اور وہ پھر پڑھنے لگتی۔ آخر تک پہنچتے پہنچتے اس کے آنسو تھم گئے تھے۔ آخری سطریں اس نے ایک، دو۔۔۔ بے شمار بار پڑھیں اور بے یقینی سے اگلا صفحہ پلٹا جہاں بس اتنا لکھا تھا۔

"تحریم مجھے مایوس مت کرنا!"

***

آہستہ آہستہ سب اپنی روٹین میں واپس آگئے تھے۔ گھر میں جو بالکل سناٹا چھایا رہتا تھا اب تایا ابو اور چھوٹے تایا کی وجہ سے اس میں کچھ کمی آگئی تھی۔ وہ دونوں روز شام میں

ٹی وی کھول کر بیٹھ جاتے تھے اور یہی کوشش کرتے تھے کہ تحریم اور باقی سب بھی وہیں بیٹھے رہیں۔ تحریم سمجھ رہی تھی کہ یہ سب ان کا دھیان بٹانے کو کیا جارہا ہے۔ ورنہ تایا ابو خود بھی اپنے کمرے کے ہو کر رہ گئے تھے۔ تحریم نے بھی کوشش کر کے زیادہ وقت سب کے ساتھ گزارنا شروع کر دیا تھا۔ وہ بولتی تو پہلے بھی کم تھی مگر پھر بھی چھوٹی چھوٹی باتوں سے تائی امی اور تایا ابو کا دھیان بٹانے کی کوشش کرتی تھی۔ آذر بھی آج واپس آرہا تھا جس کی وجہ سے تائی امی اور چھوٹی تائی دونوں کچن میں پتا نہیں کیا کیا پکانے میں مصروف تھیں۔ وہ دونوں ہمیشہ ہی اسد یا آذر کے آنے پر بہت اہتمام کرتی تھیں۔ آج بہت دن بعد گھر میں زندگی کا احساس جاگا تھا۔

***

آذر کسی سے فون پر بات کرتے ہوئے باہر آگیا تھا۔ بات کرتے کرتے اس کی نظر لان کی طرف پڑی تو تحریم لان چیئر پر بیٹھی پتا نہیں ڈوبتے سورج میں کیا تلاش کر رہی تھی۔ قریب ہی علی اس کا ہاتھ ہلا ہلا کر دور چلی جانے والی بال مانگ رہا تھا۔ مگر وہ اپنے ہی خیالوں میں گم تھی۔ آذر بھی فون بند کر کے وہیں آگیا۔

"کیا ہو رہا ہے؟" ہلکے پھلکے انداز میں کہتے ہوئے اس نے علی کو گود میں اٹھا کر اچھالا تھا۔ اس کی آواز پر تحریم بھی چونک کر ان دونوں کی طرف دیکھنے لگی تھی۔

"کچھ نہیں، یہ اندر تنگ کر رہا تھا تو باہر لے آئی۔" تحریم نے جواب دیا اور پھر اپنے کسی خیال میں گم ہو جاتی کہ آذر بولا تھا۔

"باہر تو لے آئیں مگر بچے کو ٹائم دینے کے بجائے اپنے خیالوں میں گم ہیں محترمہ۔" وہ بھی وہیں سامنے والی چیئر پر بیٹھ گیا اور علی کو اپنی گود میں بٹھا لیا تھا۔ جواب اس کے

پاکٹ کی تلاشیاں لینے میں مصروف ہو چکا تھا۔

"تحریم تائی کہہ رہی تھیں کچھ شاپنگ کرنی ہے تمھیں علی کے لیے۔ آج چلو پھر میں کچھ دن تک مصروف ہوں۔ تایا ابو اور بابا کا تمھیں پتا ہے بازار کے نام سے ہی کتنا چڑتے ہیں۔"

"جی لینی تو ہیں، مگر آپ کل ہی تو آئے ہیں۔ چھوڑیں میں ڈرائیور کے ساتھ چلی جاؤں گی کسی دن۔" یہ بات کرتے وقت بھی اس کی آنکھوں میں آنسو چمکنے لگے تھے۔

آذر کو اندازہ تھا کہ اسد ہمیشہ ان لوگوں کو شاپنگ کروا کر جایا کرتا تھا تاکہ بعد میں کسی قسم کی پریشانی نہ ہو اور اس وقت تحریم کو وہی بات افسردہ کر گئی تھی۔

چھوٹی تائی بھی وہیں آگئی تھیں اور تحریم کی بات بھی سن چکی تھیں۔

"چلی جاؤ تحریم، علی بھی باہر نکلے گا تو خوش ہو جائے گا۔" انہوں نے علی کو پیار کرتے ہوئے کہا۔

اس نے علی کی طرف دیکھا۔ واقعی وہ کتنے دن سے اس کے ساتھ باہر نہیں نکلی تھی۔ آذر ہی لے جاتا تھا اور اس کی غیر موجودگی میں تحریم کا بھی دھیان نہیں گیا۔ اسی لیے علی بھی چڑچڑا ہو رہا تھا۔ یہی سوچ کر وہ جانے کے لیے تیار ہو گئی تھی۔

***

تحریم کو زیادہ چیزیں نہیں چاہیے تھیں۔ وہ لوگ جلد ہی فارغ ہو گئے تھے۔

"اچھا تم علی کو لے کر گاڑی میں بیٹھو میں پانچ منٹ میں آیا۔" آذر نے کہتے ہوئے اسے گاڑی کی چابیاں پکڑائیں اور خود سامنے والی بیکری میں گھس گیا۔

تحریم علی کو لیے گاڑی کی طرف آگئی تھی۔ اسی وقت اس کا موبائل بجنے لگا۔ تائی

امی ان کی واپسی کا پوچھ رہی تھیں۔ وہ ان سے بات کرتے ہوئے علی کو گاڑی میں بٹھانے لگی تھی کہ اسی وقت کسی نے اس کی کنپٹی پر پستول رکھ کر فون چھینا تھا۔ اور ہاتھوں میں پہنی گولڈ کی دو چوڑیاں اتارنے کا کہا۔ تحریم نے علی کا ہاتھ مضبوطی سے پکڑ لیا تھا۔ اور گاڑی سے لگ کر کھڑی تھی۔

"دیکھو موبائل لے لیا نا تم نے اور یہ پیسے بھی لے لو" اس نے اپنا پرس بھی اسے دیتے ہوئے کہا۔ "مگر میں چوڑیاں نہیں دوں گی۔ یہ اسد نے دی تھیں مجھے۔ میں۔۔۔ میں یہ نہیں دوں گی۔" اس نے اپنا ہاتھ پیچھے کرتے ہوئے کہا۔

"جلدی کرو۔۔۔ زیادہ بکواس نہیں۔ اتار کر دو چوڑیاں ورنہ میں گولی ماردوں گا اسے۔" اس نے علی کی طرف اشارہ کرتے ہوئے چیختے ہوئے کہا۔

"تم۔۔۔ تم گولی مارو گے میرے بیٹے کو۔" وہ یہ کہتے ہوئے چیخ پڑی تھی۔

"تم سب نے۔۔۔ تم سب نے کیا سمجھ لیا ہے؟ میں بس دیکھتی رہوں گی۔ اور تم سب مارتے رہو گے میرے اپنوں کو۔۔۔ اسد نے۔۔۔ اسد نے تم جیسوں کے لیے جان نہیں دی! میں۔۔۔ میرا اسد اس لیے شہید نہیں ہوا کہ وہ ملک کی سلامتی کے لیے جان دے اور تم جیسے بے ضمیر لوگ اسے لوٹتے کھسوٹتے رہیں۔ میں تمہیں ماردوں گی۔ میں تم جیسوں کو ماردوں گی۔" تحریم اس وقت بالکل ہوش وحواس میں نہیں تھی۔ ورنہ اتنا بڑا خطرہ مول نہ لیتی۔ اس نے اپنے سامنے کھڑے لڑکے کو جھنجوڑا تھا پھر تھپڑ پر تھپڑ مارنے شروع کر دیے تھے۔ اور وہ شاید اس حملے کے لیے بالکل تیار نہیں تھا۔ پہلے تو گھبرایا پھر اسے وارننگ دیتے ہوئے اس نے گولی چلا دی تھی۔ اور اپنے ساتھی کے ساتھ موٹر سائیکل پر بیٹھ کر چند ہی سیکنڈز میں وہاں سے جا چکا تھا۔

گولی کی آواز اور شور سن کر آذر نے باہر جھانکا اور سب کچھ وہیں چھوڑ کر باہر کی

طرف بھاگا تھا۔ جہاں علی اپنی آنکھوں پر ہاتھ رکھے رو رہا تھا اور تحریم گاڑی کے پاس بیٹھی اپنے ہاتھ سے بہتے خون کو بند ہوتی آنکھوں سے دیکھ رہی تھی۔

"اوہ مائی گاڈ۔ تحریم یہ سب کیا ہوا؟" آذر بھی گھبرا گیا تھا۔

اس نے گاڑی کا دروازہ کھول کر علی کو بٹھایا اور تحریم کو دیکھا جو تکلیف کی شدت سے بار بار اپنی آنکھیں میچ رہی تھی۔

آس پاس بہت سے لوگ جمع ہو گئے تھے مگر کسی نے کسی بھی قسم کی مدد کرنے کی پیشکش نہیں کی۔ بلکہ اپنی چہ می گوئیوں میں مگن رہے کہ لڑکی کی بے وقوفی تھی، دے دیتی جو مانگ رہے تھے، زندگی سے زیادہ کچھ نہیں ہوتا۔۔۔ اور بھی پتا نہیں کون کون سے جملے آذر کے کانوں میں پڑے تھے۔ اس نے تحریم اور علی کو بٹھا کر گاڑی فل اسپیڈ سے ہاسپٹل کی طرف دوڑادی تھی۔ اس وقت وہ صرف تحریم کی سلامتی کے لیے دعائیں مانگ رہا تھا۔

***

اس نے آنکھیں کھولیں تو تائی امی اس کے اوپر کچھ پڑھ کر پھونک رہی تھیں۔ اس نے اٹھ کر بیٹھنے کی کوشش کی تو ہاتھ میں ٹیسیں اٹھنے لگی تھیں۔

"یہ کیا کیا بیٹا؟" تائی نے نم آنکھوں سے اس کی طرف دیکھتے ہوئے کہا۔ پاس بیٹھے تایا ابو بھی اٹھ کر اس کی طرف آ گئے تھے۔

"مجھے تم سے اس بے وقوفی کی امید نہیں تھی تحریم۔ جان سے زیادہ عزیز کیا ہوتا ہے؟ اگر خدانخواستہ تمہیں یا علی کو کچھ ہو جاتا تو ہمارے پاس بچتا ہی کیا۔ اسد پہلے ہی۔۔۔ اب ہم میں مزید کوئی غم سہنے کی ہمت نہیں ہے۔" تایا ابو نے اس سے ناراضگی سے کہا

تھا۔ اور تحریم نے شرمندگی سے نظریں جھکالی تھیں۔

"میں کیا کرتی تایا ابو! میں نے دے تو دیا تھا موبائل، پیسے سب۔ مگر۔۔۔ مگر میں اسد کی دی ہوئی چوڑیاں کیسے دے دیتی۔ اور تایا ابو یہ سب اس طرح کب تک کرتے رہیں گے۔ یہ بھی تو مسلمان ہیں، یہ بھی تو پاکستانی ہیں۔ پھر اتنا فرق کیسے آگیا ان کی سوچ میں جو اپنے لیے ہر چیز قربان کر سکتے ہیں اور ان میں جو سب بچانے کے لیے اپنے آپ کو قربان کر دیتے ہیں؟" تحریم کو روتے دیکھ کر انہوں نے بے بسی سے اس کی طرف دیکھا۔

"تمہاری بات ٹھیک ہے بیٹا۔ مگر اس طرح اپنی زندگی خطرے میں ڈال کر کچھ حاصل نہیں ہو سکتا۔ پتا نہیں ان جیسوں کی کیا مجبوریاں ہیں جو ان سے یہ سب کرواتی ہیں۔ شاید ان کا اللہ پر سے ایمان اٹھ گیا ہے۔ یا شاید محنت کرنے کے بجائے یہ راستہ بہت آسان لگتا ہے۔" انہوں نے گہری سانس لیتے ہوئے کہا۔ اسی وقت آذر، تایا اور چھوٹی تائی کو لے آیا تھا۔ ان دونوں نے بھی تحریم کو اس کی بے وقوفی پر ڈپٹا تھا۔

"میں تمہیں بعد میں ڈانٹوں گا۔ پہلے ذرا ٹھیک ہو لو۔" آذر نے گھورتے ہوئے کہا تو وہ بھی چڑ گئی تھی۔

"سب مجھے ڈانٹے جا رہے ہیں۔ جبکہ میں بہت خوش ہوں کہ میں اس سے ڈری نہیں۔ آپ سب ہی تو کہتے ہیں بہادر بنوں۔ میں بہت بہادر ہوں۔ بالکل اسد کی طرح۔ ایک شہید کی بیوہ کو ڈرنا بھی نہیں چاہیے۔" یہ کہتے کہتے اس نے آنکھیں جھپک جھپک کر اپنے آنسوؤں کو بہت مشکل سے روکا تھا۔

اتنے دن میں اس نے پہلی دفعہ ایسی بات کی تھی۔ مگر شہید کی بیوہ کہنے پر تائی امی بے ساختہ رو پڑی تھیں اور باقی سب بھی بالکل خاموش ہو گئے تھے۔

"تائی امی! آپ مت روئیں۔ شہیدوں کی مائیں کب روتی ہیں؟ آپ تو بہت بہادر

ہیں۔ اسد تو ہمیشہ یہی کہا کرتے تھے کہ میری ماں بہت بہادر ہے۔" اس نے اپنے پاس بیٹھی تائی امی کو چپ کراتے ہوئے کہا تھا۔

"کیسے بہادر بنوں میں۔ مجھ سے نہیں ہوتا یہ سب۔ میں ماں ہوں۔ اور ایک ماں اپنے اکلوتے بیٹے کی موت کیسے سہہ سکتی ہے۔" انہوں نے بے بسی سے کہا تھا تحریم بھی تھک کر چپ ہوگئی تھی۔ باقی سب بھی افسردگی سے انہیں دیکھ رہے تھے۔

تحریم کو اسی دن ڈسچارج کر دیا گیا تھا۔ گھر آکر بھی ان سب نے بہت دیر تک اسد کی باتیں کی تھیں۔ اور یہ ایک طرح سے سب کے لیے اچھا ہی تھا۔ جس حقیقت سے وہ سب اتنے دنوں سے نظریں چرا رہے تھے آج کھل کر رو لیے تھے۔

***

وہ علی کو سلانے کی کوشش کر رہی تھی جب دروازہ ناک ہوا تھا۔ اس نے دروازہ کھولا تو سامنے تایا کھڑے تھے۔

"تایا ابو آپ؟ آئیں۔ سب خیریت ہے نا؟" سیڑھیاں چڑھ کر اوپر آنے تک تھکن کی وجہ سے وہ اس کے کمرے میں بہت ہی کم آتے تھے۔ اس لیے انہیں اس وقت وہاں دیکھ کر وہ تھوڑی پریشان ہوگئی تھی۔

"سب خیریت ہے بیٹا۔ ہم بس اپنے علی کو دیکھنے آگئے۔ مگر لگتا ہے یہ تو سو رہا ہے" وہ کہتے ہوئے صوفے پر بیٹھ گئے تھے۔ اور اسے بھی اپنے پاس بٹھا لیا تھا۔

"جی ابھی سویا ہے۔" اس نے کہتے ہوئے ان کی طرف دیکھا۔ جو سامنے دیکھ رہے تھے جہاں اسد کی تصویر لگی تھی۔ انہیں لگا اسد مسکراتے ہوئے ان کی طرف دیکھ رہا ہے۔ ان کے چہرے پر بھی ایک اداس مسکراہٹ ٹھہر گئی تھی۔

"بیٹا، اب تو اسد کی برسی بھی ہو چکی۔" انہوں نے بڑی دقت سے بولنا شروع کیا تھا۔

"جانے والے تو چلے جاتے ہیں مگر زندگی ان پر ختم نہیں ہو سکتی۔ میں اور تمہاری تائی نے سوچا ہے کہ اب تمہارے لیے بھی کچھ فیصلہ کیا جائے۔" انہوں نے اپنی بات ابھی ختم نہیں کی تھی کہ تحریم بیچ میں بول پڑی۔

"کیسا فیصلہ تایا ابو؟ اور جانے والے۔ شہید تو ہمیشہ زندہ رہتے ہیں تایا ابو۔ وہ ہمارے آس پاس ہیں۔ پھر آپ اس طرح کیوں کہہ رہے ہیں۔" اس نے ناراضگی سے کہا تھا۔

"شہید ہمارے دلوں میں ہمیشہ زندہ رہتے ہیں بیٹا، مگر زندگی کا نام گزرتے رہنا ہے۔ اور اسے گزارنے کے لیے مضبوط سہاروں کی ضرورت ہوتی ہے۔ اسد تمہارا مضبوط سہارا تھا۔ مگر اب اس حقیقت سے نظریں نہیں چرائی جاسکتیں کہ وہ ہم میں نہیں ہے۔" انہوں نے تمہید باندھی تھی۔ اور تحریم بے بسی سے انگلیاں مروڑ رہی تھی۔ وہ یہ سب سوچنا نہیں چاہتی تھی۔ اور جیسے تایا اس وقت ان ساری تکلیف دہ حقیقتوں کو اس کے سامنے کھول کر رکھ دینے کا ارادہ کر کے آئے تھے۔ وہی جانتی تھی کہ ان کے منہ سے یہ سب سن کر اس کے دل پر کیا گزر رہی تھی۔

"تایا ابو ہمیشہ میرے ساتھ ہی ایسا کیوں ہوتا ہے؟ پہلے ماں باپ اور بہن اور اب اسد۔" اس نے بے بسی سے کہا تھا۔

"بیٹا یہ اللہ کی طرف سے آزمائش ہوتی ہے۔ اور اللہ اپنے نیک بندوں کو ہی آزماتا ہے۔ اس کے فیصلوں پر کیوں کا کیا سوال؟ وہ ہم سے بہت بہتر جانتا ہے۔ اور اسد کی شہادت تو ہمارے لیے باعث فخر ہے۔" انہوں نے اس کا سر تھپتھپاتے ہوئے کہا۔ اور

تحریم خاموشی سے آنسو بہاتی رہی۔

"اسد نے آذر سے ایک وعدہ لیا تھا۔" انہوں نے گلہ کھنکارتے ہوئے کہا۔ تحریم نے بے ساختہ سر اٹھا کر ان کی طرف دیکھا تھا۔

"ک۔۔۔ک کیسا وعدہ تایا ابو؟" اس کی آواز حلق میں اٹکنے لگی تھی۔

"تحریم اس نے آذر سے کہا تھا کہ کچھ عرصے بعد تحریم سے پوچھنا کیا وہ اسد کی آخری خواہش پوری کرنے کو تیار ہے؟" انہوں نے اپنی پیشانی مسلتے ہوئے کہا۔ اور تحریم منہ ہاتھوں میں چھپا کر رو پڑی تھی۔ انہوں نے اسے اپنے ساتھ لپٹا لیا۔

"بیٹا آذر نے مجھے سب بتایا ہے۔ وہ چاہتا تھا تمہیں کچھ اور وقت دیا جائے۔ مگر آج میں اور تمہاری تائی نے تمہاری شادی کا ذکر کیا تو اس نے کہہ دیا کہ تحریم اسی گھر میں رہے گی۔ جیسے پہلے رہتی تھی، کیونکہ اسد کی بھی یہی خواہش تھی۔" انہوں نے اسے اپنے ساتھ لگائے ہوئے بتایا۔

"تایا ابو کیا میں اسد کی بیوہ، آپ کے بھائی کی بیٹی کے رشتے سے اس گھر میں نہیں رہ سکتی؟" اس نے شکایتی انداز میں کہا تھا۔

"بیٹا یہ سب تو ٹھیک ہے مگر تم خود سوچو۔ اب تمہاری ذمہ داری ہم پر ہے اور ہماری زندگیوں کا کیا بھروسہ؟ میرے دل پر بہت بوجھ ہے تحریم اور میں تمہارا اور علی کا مستقبل محفوظ دیکھنا چاہتا ہوں۔ شادی تو تمہیں کرنی ہے۔ پھر آذر سے اچھا اوپشن کہاں ملے گا؟ ہماری آنکھوں کے سامنے رہو گے تم دونوں۔ میرے اور تمہاری تائی کے لیے اس سے زیادہ اطمینان کی بات کیا ہو سکتی ہے؟"

"مجھے کچھ وقت دیں تایا ابو۔ ابھی تو میں اسد کے غم کو جھیلنا سیکھی ہوں اور آپ لوگ ایک اور مشکل میں ڈال رہے ہیں۔" اس نے بے بسی سے کہا تھا۔

دروازہ کھول کر تائی بھی وہیں آگئی تھیں۔ اور اس رات ان دونوں نے بہت دیر تک تحریم کو سمجھایا تھا۔ ان کی باتیں بھی ٹھیک تھیں۔ مگر وہ اپنے دل کا کیا کرتی جو ابھی تک سنبھل نہیں پایا تھا۔

***

"تحریم مجھے مایوس مت کرنا!"

ہر بار اسد کی یہ بات اسے بے بس کر دیتی تھی۔ اس نے تحریم سے آخری دفعہ مانگا بھی تو کیا۔ تحریم نے تھک کر ڈائری بند کی اور اٹھ کر اسد کی تصویر کے سامنے آکھڑی ہوئی۔

"اسد میں نے آپ کو پہلے کبھی مایوس کیا تھا جو اب کرتی۔ مگر اسد اس دفعہ آپ نا انصافی کر گئے! مجھ سے اپنی یادوں کے ساتھ جینے کا حق بھی چھین لیا۔ تایا تائی نے جتنا میرے لیے کیا ہے میں صرف ان کی خاطر مانی ہوں۔ مگر اسد آپ نے میرے لیے بہت مشکل راستے کا انتخاب کیا ہے۔"

تایا تائی نے اسے پورے چھ ماہ کا وقت دیا تھا اور اب چھ ماہ بعد اس کے رضامندی ظاہر کرنے پر ان لوگوں کے چہروں پر خوشی کی لہر دوڑ گئی تھی۔ دروازہ کھلنے کی آواز پر اس نے پیچھے مڑ کر دیکھا تو تائی امی کھڑی تھیں۔ وہ بھی اس کے قریب آگئی تھیں۔

"بہت اچھی لگ رہی ہے ہماری بیٹی۔" پتا نہیں کتنے عرصے بعد اس نے ایسے کپڑے پہنے تھے۔ ورنہ اس نے تو اپنی طرف بالکل توجہ دینا چھوڑ دی تھی۔ یہ سوٹ بھی وہ جا کر لائی تھیں۔ انہوں نے ہلکے کام کے سوٹ میں ملبوس تحریم کو دیکھا۔ اور اس کی پیشانی چوم لی۔ پھر اسد کی تصویر کی طرف اداسی سے دیکھتے ہوئے مسکرائیں تھیں۔

"آج اسد بہت خوش ہو گا تحریم۔ وہ تم سے بہت محبت کرتا تھا۔ اور محبت کرنے والے اپنوں کو تکلیف میں دیکھ کر خود بھی سکون میں نہیں رہتے۔ تم نے اسد اور ہماری خواہش کا احترام کر کے ہمارا مان رکھ لیا۔" انہوں نے نم آنکھوں سے کہا تھا۔ اور بہت سی دعائیں دیتے ہوئے اسے باہر لے آئی تھیں جہاں چند لوگوں کی موجودگی میں اس کا اور آذر کا نکاح ہوا تھا۔

سب کے سامنے وہ بہت ضبط کرتی رہی۔ مگر کمرے میں آتے ہی وہ پھوٹ پھوٹ کر رو پڑی تھی۔ آذر جانتا تھا اس وقت اسے حوصلے کی ضرورت ہے اسی لیے اس کے پیچھے آ گیا تھا۔

اپنے کندھے پر دباؤ محسوس کر کے وہ پلٹی اور آذر کو وہاں دیکھ کر گھبرا گئی تھی۔ جیسے اسد کی تصویر کے سامنے روتے ہوئے اس سے کوئی بہت بڑا جرم سرزد ہو گیا ہو۔

"تحریم، اسد سے صرف تمہارا رشتہ نہیں تھا۔ ہم سب کے لیے بھی اس صدمے کو برداشت کرنا بہت مشکل عمل تھا۔ مگر زندگی کا نام چلتے رہنا ہے۔ اسد نے جب مجھ سے تمہیں اپنانے کا وعدہ لیا اس وقت میرا ردعمل بھی ایسا ہی تھا۔ مگر میں ایک ایسے انسان کو کیسے ناامید جانے دیتا جس نے ساری زندگی ہر مشکل میں میرا ساتھ دیا تھا۔ میں تمہیں اور وقت دینا چاہتا تھا۔ مگر کچھ ماہ پہلے جو تم نے بازار میں بے وقوفی کہ تھی اس سے ڈر گیا۔ تمہیں کسی سہارے کی ضرورت تھی اور ان حالات میں تمہیں کوئی اپنا ہی سمیٹ سکتا تھا" آذر خاموش ہوا تو تحریم بول پڑی تھی۔

"میں جانتی ہوں آپ نے مجبوری میں دوستی کا حق نبھایا ہے مگر اس طرح آپ کی زندگی بھی تو خراب ہو گئی۔" اس نے شرمندگی سے کہتے ہوئے سر جھکا لیا تھا۔

"میری زندگی کیسے خراب ہوئی تحریم؟ شادی تو مجھے کرنی تھی۔ پھر جس کام سے

اتنے لوگوں کو خوشیاں ملی ہیں اس سے میں بہت پر سکون ہو گیا ہوں۔ تمہیں یا علی کو کہیں اور جاتے دیکھنا ہم سب کیسے برداشت کر سکتے تھے؟ ہم سب ایک دوسرے کے اتنے عادی ہیں کہ یہ ایک اور بڑا صدمہ بن جاتا۔ اب ہم میں کوئی صدمہ برداشت کرنے کی ہمت نہیں ہے۔ اور نہ ہی مجھے یہ سب کرنے پر کسی نے مجبور کیا ہے۔ میں نے اسد سے وعدہ ضرور کیا تھا مگر تمہیں اپنی مرضی اور خوشی کے ساتھ اپنایا ہے۔ اور اب ہم میں سے کوئی بھی تمہیں روتا ہوا نہ دیکھے۔" اس نے کہتے ہوئے اس کے آنسو صاف کیے تھے اور تحریم ہلکی پھلکی ہو کر مسکرا دی تھی۔

اسی وقت علی بھی بھاگتا ہوا آیا تو آذر نے اسے گود میں اٹھالیا تھا۔ علی کے پیچھے آتے تایا نے ان تینوں کے مسکراتے چہروں کی طرف دیکھا اور ان کی دائمی خوشیوں کی دعا کی تھی۔

***